I0686678

ENTREES

DE

MARIE D'ANGLETERRE

A ABBEVILLE ET A PARIS.

Tiré à 100 exemplaires.

N° 2 6.

LYON

IMPRIMERIE DE LOUIS PERRIN

RUE D'AMBOISE, 6

ENTREES

DE

MARIE D'ANGLETERRE

FEMME DE LOUIS XII

A ABBEVILLE ET A PARIS

Publiées & annotées

PAR

HIPP. COCHERIS

PARIS

AVG. AUBRY, LIBRAIRE

L'un des libraires de la Société des Bibliophiles françois

RUE DAUPHINE, 16

M DCCC LIX

AVERTISSEMENT

EN 1513, la situation de la France devint tout à coup extrêmement critique. L'armée de Louis XII venait de se faire battre à Novare ; Bayard, La Palisse, Longueville, Lafayette, Clermont d'Anjou, Bussy d'Amboise avaient été faits prisonniers par les Anglais devant Térouanne, à la malheureuse journée des Eperons; les Suisses menaçaient la Bourgogne, & le trésor était épuisé.

Le roi de France, veuf depuis quelques mois d'Anne

de Bretagne, sentit le besoin de contracter une alliance qui pût lui permettre de faire la paix honorablement, ou de résister aux efforts combinés de ses ennemis. Après avoir hésité d'abord entre Marguerite d'Autriche, gouvernante des Pays-Bas, & Eléonore d'Autriche, sœur de l'archiduc Charles, il se décida pour Marie d'Angleterre, sœur de Henri VIII, forte Anglaise de seize ans, d'une grande beauté, galante, audacieuse, & déjà pourvue d'un amant qu'elle épousa trois mois seulement après la mort de son royal époux.

« Il n'avoit pas grand besoing, dit Bayard dans sa
« Chronique, ne vouloir d'estre maryé, pour beaucoup de
« raysons & aussi n'en avoit-il pas grant vouloir, mais
« parce qu'il se veoyoit en guerre de tous costés, qu'il n'eust
« peu soubstenir sans grandement fouler son peuple, res-
« sembla au pélican; car, après que la royne Marie eut
« fait son entrée à Paris, qui fut fort triumphante, &
« que plusieurs joustes & tournois furent acheués qui du-
« rerent plus de six sepmaines, le bon roy, qui à cause de
« sa femme avoit changé toute maniere de viure, car où il
« souloit disner à huyt heures, convenoit qu'il disnast à
« midy, où il se souloit coucher à six heures du soir sou-
« uent se couchoyt à minuit, tomba malade à la fin du
« moys de decembre, à laquelle maladie tout remede hu-
« main ne le peult garantir qu'il ne rendist son ame à Dieu
« le premier de janvier en suyvant, après la my nuyt. »
L'entrée de Marie d'Angleterre à Abbeville & à Paris

fut en effet triomphale, comme le dit Bayard. La nobleſſe
& le peuple, touchés de la beauté éclatante de la nouvelle
reine, qu'ils conſidéraient comme un gage de paix & d'a-
mour, la reçurent avec le plus grand enthouſiaſme. Le duc
de Valois lui-même oublia un inſtant que cette jeune ſou-
veraine pouvait lui ravir un trône qu'il était alors ſi près
de recueillir.

Fleurange, le Loyal-Serviteur, Louiſe de Savoie ont dit
un mot dans leurs Mémoires des réjouiſſances publiques
données en cette circonſtance; mais leurs récits ſont fort
abrégés & manquent de cette couleur locale qui caractériſe
les Entrées que nous publions aujourd'hui.

La première Entrée, qui fait partie d'un recueil de pièces
conſervé à la Bibliothèque Mazarine, ſous le n° 22028,
eſt de la plus grande rareté, & n'a encore été citée dans
aucun catalogue de vente (1).

La ſeconde Entrée a eu trois éditions le même jour; du
moins nous avons trouvé trois exemplaires parfaitement
diſtincts l'un de l'autre. Le premier eſt tel qu'il ſe trouve
imprimé ici, c'eſt celui de la Bibliothèque Mazarine (même
recueil); le ſecond exemplaire n'a point de permis d'imprimer, mais poſſède à la place une vignette repréſentant
l'entrée d'une troupe de cavaliers dans une ville forte ; le

---

(1) Le Pere Lelong l'indique dans ſa Bibliotheque hiſtorique (n° 26165).
M. Ch. Dufour le mentionne également dans ſon Eſſai bibliographique
ſur la Picardie (n° 702).

troifième eft imprimé en gros caractères gothiques, fans vignettes & fans permis, avec un autre titre que voici: Lentrée de la royne de France à Abeuille le neufiefme jour d'octobre. Ces deux derniers exemplaires font à la Bibliothèque impériale, & cotés LB²⁹ 49 & 50 (Réferve).

La troifième Entrée à Paris, bien que peu commune, a eu également plufieurs éditions confécutives & qui offrent toutes une différence fenfible.

L'exemplaire de la Bibliothèque impériale, coté LB²⁹ 5 1, ne diffère que par la vignette & un permis, de celui que nous publions. Dans cet exemplaire, la vignette du titre eft celle que le lecteur trouvera au commencement de la feconde Entrée (p. 1 1). Un permis ainfi conçu remplace la vignette qui termine:

« De par Monfieur le preuoft de lhoftel nous auons
« permis & dõne conge a Guillaume Uarin, fuppliant,
« de faire imprimer lentree de la royne, & la vendre &
« diftribuer. Fait a Paris, le roy y eftant, le x jour de
« nouembre mil cinq cens & xiiij par nous Jehan de Fon-
« taine, feigneur daulhac, cõfeillier chambellain du roy
« noftre fire & preuoft de loftel du dit feigneur. »

L'exemplaire coté LB²⁹ 5 1ᵃ diffère du précédent par les vignettes. Celle du titre repréfente deux cavaliers fortant d'une ville; celle de la fin eft double: fur le recto de la page on voit un cavalier debout armé de toutes pièces, l'étendard à la main, & femblant écouter une dame également debout, *le bras gauche placé horizontalement fur la ceinture de fa robe, & le bras droit levé; fur le verfo, deux cavaliers en champ clos fe percent mutuellement de leur lance.*

L'exemplaire coté LB²⁹ 5 1ᵉ ne reffemble à aucun des précédents. Le caractère gothique eft exceffivement petit, les lignes font très ferrées, & le texte n'occupe que quatre feuillets au lieu de huit. Trois fleurons quadrilatères pofés horizontalement l'un à côté de l'autre remplacent la vignette du titre; la vignette de la fin & le permis d'imprimer ont été fupprimés.

Le texte & les vignettes de l'Entrée à Paris, qui termine notre publication, font ceux de l'exemplaire de la Bibliothèque Mazarine.

H. COCHERIS.

Bibliothèque Mazarine, 14 décembre 1858.

I.

SENSVIT LORDRE QVI A ESTE

TENVE A LENTREE DE LA ROYNE

A ABEVILLE

LENTREE DE LA ROYNE A ABEVILLE

REMIEREMEÑT alloiét deuãt la dite dame enuiron ſoixente des plus grãs ſeigneurs dangleterre montez ſur gros cheuaulx & la plus part eſtoient veſtus de drap dor & portoient groſſes bagues a leurs bonnetz & chappeaulx.

Apres alloit la dicte dame montee ſur une acquenee blanche arnachee de broderie & orfaurerie bien riche & mõſieur (1) cheuauchoit coſte a coſte de la d. dame deuiſant enſemble & portoit on ſur la dicte dame vng poille de ſatin blanc frange que quatre des principaulx de la ville portoient.

La dicte dame eſtoit veſtue dune robe de drap d'ar-

(1) François, comte d'Angoulême, créé duc de Valois par Louis XII, auquel il ſuccéda ſous le nom de François Iᵉʳ.

gent & vne cotte de toille dor bordee par embas de
quatre grans doigs de broderie & orfauerie dor. La-
billemēt de la teʃte a la facon de ʃon pays & tout plaī
de pierrerye a lentour de ʃes templettes & groʃʃes
bagues pendues au col en facon de carquen.

Apres la dite dame alloyent trente ʃix damoyʃelles
mōtees ʃur hacq̄nees en arnachees de velours cramoiʃy
a broderye & orfaurerie dor.

Apres alloit vne lytiere toute couuerte de fleurs
de lys dor & trois chariotz meʃlez, parmy de quoy il
y en auoit deux de drap dor figure & le tiers de velours
cramoiʃy fort triumphans & les harnois des cheuaulx
de meʃmes. Et partout eʃtoient les armes du Roy & de
la Royne & force pors eʃpics parmy.

Apres ce alloient trois cens archiers & arballeʃtriers
auec groʃʃes trouʃʃes de fleches & larc au poing & le
bouclier pendu a leʃpee, habillez de pluʃieurs liurées.

Et au regard du Roy noʃtre ʃire, il ʃe miʃt aux chãps
& mōta ʃur vng beau courʃier bien pare & bien gaillard
ʃur le quel le faiʃoit bon voir. Et lediɕt ʃeign̄r eʃt alle
rencōtrer la Royne hors la ville acōpaignee de qua-
torze ou quīze cēs cheuaulx & la baiʃa a cheual &
luy a dit trois ou quatre parolles bōnes & hōneʃtes &
puis ʃe departit. Et ladiɕte dame eʃt venue a Abeuille
ou ceulx de la ville luy ont faiɕt de beaulx miʃteres &
honneʃtes tant a lentree de la porte que parmy la ville
en pluʃieurs endrois & ʃen ʃont tres honneʃtement ac-

quictez. Ilz ont donne pour faire le banquet vng gros nombre de beufz & moutons, fix mille chappons & tout ce quon a peu recouurer de fauuagine.

Et pour parler du paremēt des āglois & de la fuite de la dicte dame, il a efte tel que du viuant des hōmes il nen fut veu le pareil en richeffe ne en fi grās perfonnages. Il y auoit quatre ou cinq hommes (1) ᵍ lon dit ceulx qui gouuernent la finéce dāgleterre ᵍ auoiēt plus de drap dor & de orfaurerye a leurs habillemens que ne portent les plus grās gentilzhommes de par deca. Et pour ce que ce neft pas la couftume on difoit quilz les ofteroient des lendemain.

AVIOVRDHVY ᵍ eft lundy neufuiefme doctobre enuiron neuf heures ont efte efpoufez le Roy noftre fire & la Royne.

Et pour ce ᵍ la dicte dame eftoit logee vng traict darc du logis du roy, elle eft venue fur fa hacquene par dedās vng jardin ou le Roy ceft trouue au deuant delle au long d'vne grāt allee quy eft dedās led. jardin la ou la dicte dame eft venue auec fes cheualiers & fes dames tous changez dabillemés. Et fi eftoiēt hier en grāt richeffes, mais au jourdhuy eftoiēt plus fans cōparaifon & en attendant que la preffe du logis du

(1) Le duc de Suffolk; Thomas Gray, marquis de Dorfet; le duc de Norfolk; le milord chambellan.

Roy fuſt gette hors la dicte dame a eſte arreſtee elle &
toute ſa compagnie dedãs ledit jardin enuiron demy
heure auec aucuns de ſes cheualiers qui parloient bien
francoys & entre les autres ladmiral dangleterre & le
principal embaſſadeur & ont la deuiſe enſemble.

Ie vous prometz que les francoys ont tenu la plus
belle ordre q̃ on vit jamais tenir & au regart de eulx
ilz ne nont pas fait moins, car lordre y a eſte ſi bien
tenue que on n'a pas ſouuenãce den auoir jamais veu
la pareille.

La dicte dame portoit vne robe de drap dor tant riche
quil neſt poſſible de leſtre plus. Elle eſt chargee dor-
faurerye branlante & pour abreger il y auoit de lor
ſur elle & ſur ſes dames ſans comparaiſon. Les ſelles de
leurs acquenees eſtoiẽt couuertes de drap dor & de
orfaurerie toute aultre que celle que elles portoient
hier.

La dicte dame eſt tres belle honneſte & joyeuſe &
eſt pour prendre plaiſir en tous esbatemens, elle ayme
la chaſſe & tyre de larc a la facon dangleterre ſi bien
que merueille.

I demourera auec la dicte dame vne partye de ſes
gentilz hõmes & de ſes dames. Ie croy q̃ ce ſera vne
dame daudaſſe, car elle ne ſeffraye de rien, & cy cõ-
mende ſagement a ſes gens ſe quelle veult auoir.

ℂ A abeoille ce lundy ix doctobre.

FINIS.

2

II.

LENTREE DE LA ROYNE

A ABLEVILLE

LENTREE DE LA ROYNE A ABLEVILLE

MONSEIGNEVR

POVR ce que je scay que apetez a sauoir des nouuelles, je vous ay voulu rescripre lordre de létree de la Royne en ceste ville bien triūphante & somptueuse a merueilles.

Premierement tous les archiers de la garde tãt escossois que francoys tous bien montez. Les canõniers & archiers de ceste ville marchãs apres estoiét tous a pied. Et apres eulx estoient les arbalestriers de la dicte ville a cheual. En apres marchoit monseigneur le preuost de lhostel & ses archiers, monseigneur le grant seneschal de normãdie & aulcuns des cent gentilzhommes de sa compaignie.

Apres marchoit vng paige dhonneur angloys monte
fur vng grant cheual enharnache de drap dor & veloux
cramoyfi & fatin broche dor a la mode du pays. Et
apres marchoient plufieurs gentilz homes & feigneurs
du pays dangleterre en grant nombre bien acouftrez
tant de draps dor, veloux cramoyfi, fatin broche dor
& cramoyfis, q̃ plufieurs autres draps de foye. Et auec
eulx marchoiẽt plufieurs gentilz hõmes de la maifon
du Roy. Et apres y auoit huit trompettes dangleterre
veftus de damas cramoyfi. Et apres marchoiẽt encores
plufieurs gentilz hõmes de la maifon du Roy, les trompettes, clerons, haulboys & bufines du Roy marchoiẽt
auffi apres, lefquelz il faifoit bon ouyr a merueilles.

Puis apres marchoient douze heraulx tant de france
que dangleterre & les troys embaffadeurs dangleterre (1) qui ont efte a paris, & les conduifoient
meffeigneurs de lentreɔt (2), de guyfe & damiens.

Et apres lefditz embaffadeurs marchoit mõfei-
gneur dalencon (3) veftu dung faye de drap dor
couuert de veloux cramoyfi decouppe & monte fur
vng genet defpaigne. Et apres mon dit feigneur da-

---

(1) Les ambaffadeurs étaient arrivés le 12 à Paris : c'étaient le grand
chambellan d'Angleterre, le commandeur de Londres & le doyen de
l'Eglife de Londres.

(2) Odet de Foix, maréchal de Lautrec.

(3) Charles, duc d'Alençon, pair de France, comte du Perche, d'Ar-
magnac, &c.

lancon marchoiēt meſſeigñrs les cardinaulx de prie (1)
& daux & pluſieurs archeueſques & eueſques.

Apres toute laquelle cōpaignie marchoit la Royne
veſtue de damas blāc a bādes de drap dor qui eſtoit
drapee de pluſieurs belles pierres, & eſtoit acouſtree
a la mode dangleterre, & eſtoit montee ſur une belle
hacquenee blanche qui auoit vng harnoys dor friſe
bien riche. Et ſur elle auoit vng ciel de damas blāc
ſeme de porcz eſpicz & roſes de broderie, & le portoient
quattre hommes a pied. Et la conduiſoit mōſieur hors
ledit poile, veſtu dung ſaye a cheuaucher de drap dor
& de drap dargent myparty, couuert de damas blanc,
eſchiquete fort menu , & monte ſur une mulle bien
richement paree.

Apres la Royne marchoit ſa litiere dhonneur toute
ſemee de fleurs de lys dor de broderie enleuees, &
la menoient deux petits paiges dhonneur veſtuz de
veloux auſſi ſeme de fleurs de lys dor, & eſtoit la diĉte
litiere fort belle & riche. Puis marchoit ma dame de
longueuille (2) & madame daumont (3).

En apres y auoit quattre ou cinq chariotz branlans,

(1) René de Prie, cardinal & évêque de Bayeux.

(2) Jeanne de Hochberg, marquiſe de Rothelin, femme du célèbre
Louis d'Orléans , duc de Longueville, qui conclut en Angleterre, où il
était priſonnier depuis la journée des Eperons, le mariage entre Louis XII
& la fœur de Henri VIII.

(3) Françoiſe de Mailli, femme de Jean V ſire d'Aumont.

couuers tant de drap dor, veloux cramoyſi, que aultres couuertures belles & riches.

Et enuiron de quarãte a cinquante damoiſelles toutes bien richement acouſtrees tant dedãs les chariotz branlans que ſur hacquenees.

Et entre aultres y en auoit vne acouſtree a lalemande, ayant vng bõnet de veloux en ſa teſte, laquelle eſtoit bien belle & auoit tres bonne grace, & la faiſoit tres bon veoir.

Et apres y auoit deux compaignies dangloys les vngz veſtus de drap rouge a bãdes de veloux noir & les aultres de tãne portans tous jauelines.

Noſtre ſire le Roy alla aux champs au deuant de la Royne enuirõ vne lieue, acouſtre dung ſaye de veloux cramoyſi a hault collet & poinctes de drap dor friſe, mõte ſur vng cheual deſpaigne appelle faulue, aultrement dit ſaige, faiſant pluſieurs ſaulx & panades, & le faiſoit tres bon veoir. Et quant il approucha de la Royne elle ſe ingera de deſcendre a pied pour luy faire la reuerêce. Mais le Roy ne voulut pas & la vint embraſſer & baiſer tout a cheual.

Puis il donna des eſperons a ſon cheual & luy fiſt faire trois ou quatre ſaulx & puis ſen retourna & nentra point le dit ſeigneur dedans la ville ne a laller ne au retourner, mais alla le long des murailles. Et il fut de retour il renuoya le cheual ſur quoy il eſtoyt monte au deuant de la Royne juſques a la porte par monſei-

gneur le grant efcuier, lequel marchoyt deuāt la
Royne auec le grant efcuyer dangleterre qui eftoit
bien richement acouftre.

Monfeigneur, ce jourduy matin le dit feignr & la
dicte dame ont efte efpoufez en la chapelle de l'hoftel
d'icelluy feigneur par mōfeigneur le cardinal de prie.
Et tenoient le poille mōfeigneur & mōfeignr dalancō.
Et eftoit le Roy veftu dune robe d'or traict, fourrée de
martres, ayant fon ordre au col, & tous les prīces &
feigneurs de france bien acouftrez.

Et la Royne eftoit veftue dung drap dor frife, &
eftoit tres riche & beau. Et eftoit la dicte robe fourree
dermines. Et quant elle eft venue de fon logis au
logis du Roy, il la faifoit bon veoir. Car elle eftoit fur
fa hacquenee, & pareillement tous lefditz feigneurs
dāgleterre auffi a cheual, tous tres richement acouftrez
tant dabitz, chefnes, bagues, pierreries, que aultres
joyaulx. Et quant elle eft entree dedans le logis du
Roy elle feft mife a pied, pareillement tous les dictz
feigneurs & damoyfelles.

Et la eftoient les deux cens gentilz hommes de la
maifon du Roy tous en ordre, tenant chafcun en fa
main une ache darmes. Pareillement tous les archiers
de la garde. Et eft paffée ladicte dame au millieu des
dictz gentilz hommes & archiers. Et la menoiēt monfeigneur le duc de mortfort (1) & vng aultre prince

(1) Le duc de Norfolk.

dangleterre (1) dont je ne ſcay le nom, leſquelz l'ont
preſentee au Roy. Et apres que la meſſe a eſte dicte le
roy ſen eſt alle diſgner dũg coſte & a menē madame
de longueuille derriere luy ſur ſa mulle qui a diſne
auec luy, & la Royne daultre coſte. Et pendant que on
les ſeruoit les trõpettes & clarons, haulboys, buſines
& aultres inſtrumens tant de france que dãgleterre
jouoyent, leſquelz il faiſoit tres bon ouyr. Et n'eſt a
preſent queſtion que de faire bonne chere.

Ung peu deuant le ſoupper la Royne a eſte acouſtree
a la mode de france, laquelle il faiſoit meilleur veoir
que a la mode d'angleterre.

A ableuille le ix jour doctobre(2).

De par le preuoſt de paris
Il eſt permis a Guillaume mart, libraire, de pouoir faire
imprimer & vendre lentree de la Royne a ableuille cy deſſus eſcripte. Et deffences a tous autres libraires & impri-
meurs de nen imprimer ne vẽdre juſques a huyt jours
paſſez, ſur peine de confiſcàtion deſditz liures. Fait ſoubz
noſtre ſignet le xxv jour doctobre, lan mil v cẽs xiiij. Ainſi
ſigné. Almauris.

(1) Le duc de Suffolk.
(2) Ces deux Entrées de Marie d'Angleterre à Abbeville n'ont point
été connues de M. Louandre, qui, dans ſon *Hiſtoire d'Abbeville* (t. II.
pp. 10 à 18), a conſacré, du reſte, un fort intéreſſant article à ſe fait
hiſtorique.

III.

LĒTREE DE TRES EXCELLENTE

PRINCESSE MADAME MARIE DAN-
GLETERRE ET ROYNE DE FRANCE EN
LA NOBLE VILLE CITE ET VNIVERSITE

DE PARIS FAICTE LE LVNDY VI IOVR DE

NOVEMBRE LAN DE GRACE MIL CINQ

CENS ET QVATORZE.

LĒTREE DE MADAME MARIE DANGLE-
TERRE ET ROYNE DE FRANCE EN LA NO-
BLE VILLE CITE ET VNIVERSITE DE PARIS

 LA louenge & gloire de Dieu lē createur, de la glorieuſe vierge marie & de toute la cour celeſtielle de paradis & poʳ lhonneur & reuerãce du joyeulx aduenemēt de lad. dame en la ville & cite de paris (1).

Premieremēt & au cōmencement de ladicte entree allerent au deuant hors lad. ville les religieux & freres des quatres ordres médiennes portãs leurs croix chaſcune ordre en belle ordonnance.

Item apres allerent au deuant de la dite dame les capitaines des archiers & arbaleſtriers de lad. ville & leur compaignie bien montez & abillez de hocquetons argentez & au meilleu des ditz hocquetõs auoit vne

(1) Un contemporain a ajouté de ſa main ſur l'ex. de la Bibliothèque Mazarine : « Et eut de grans dons de gros marchans de Paris. »

nauire dargēt entrelaſſee de lettres dor denotant paris ſans per & en leurs teſtes chappeaulx & plumars blancs & deuant eulx les trompettes & clerons.

Itē aṕs allerēt au deuāt de ladicte dame meſſeignrs les preuoſt des marchans & eſcheuins de lad. ville & deuant eulx les ſergens dud. hoſtel & aṕs leſd. ſeignrs les bourgois marchans & officiers de la dicte ville tous en belle ordonnāce.

Item apres allerent au deuant de la dite dame meſ-ſeigneurs les lieuxtenans de monſeigneur le Preuoſt de paris, & deuant eulx monſeigneur le cheualier & gens du guet en hocquetons argentez a vne eſtoille dor : & apres meſſieurs les lieuxtenās, les huyſſiers, greffiers, cōmiſſaires, notaires, aduocatz & procu-reurs du chaſtellet de paris tous en belle & honorable ordonnance.

Itē apres allerēt au deuāt de ladicte dame mō-ſeigneur le preuoſt de paris & deuāt luy deux paiges dhonneur montez ſur courſiers & douze archiers & ſergens en hocq̄tons argentez portant la liuree dud. ſeigneur & en ſa compagnie allerent pluſieurs autres barons, cheualiers, ſecretaires, eſcuyers de paris & yſle de france tous en belle ordonnance.

Item apres allerent au deuant de la dite dame meſ-ſeignrs les capitaines de lhoſtel du Roy noſtre ſire, ceſt aſſauoir mōſeigneur le grant ſeneſchal capitaine & cōducteur des cent penciōnaires mōſeigneur, de lon-

3

gueuille capitaine & cõducteur des cent gentilz hommes, mõseigneur daubigny capitaine & conducteur
des cent archiers escossoys, monseigneur gabriel de
la chaire, capitaine & conducteur des archiers de la
grant garde, mõnseignr de la marche capitaine &
conducteur de cent Suysses, tous les seigneurs dessus
dictz sumptueusement & richement acoustrez & montez sur beaulx courciers & genetz despaigne en belle
& honorable ordonnance.

Item apres allerent au deuant de la dite dame mes-
sieurs les princes, barõs, cheualiers & gentilz hõmes
escuyers secretaires dangleterre & en leur cõpaignie
plusieurs grãs princes & gentilz homes de frãce sumptueusement & richement acoustrez & montez, & leurs
poursuyuans en belle & honorable ordonnance.

Item aps allerent au deuant de lad. dame messei-
gñrs les presidens, tresoriers & seigñrs des cõptes auec
messeigneurs les generaulx des finances, des moñoyes
& esleuz de paris & deuant eulx leurs clercz poursuyuans messagiers & huissiers en belle & honorable ordonnance.

Item apres allerent au deuãt de la dicte dame messeigneurs les quatre psidés & auec eulx estoit toute
la court de parlemét & deuant eulx les greffiers &
huissiers de la dicte court, & apres les dictz seigneurs
les commissaires, notaires, aduocatz & procureurs
tous en belle & honorable ordonnance.

Item apres allerent au deuant de la dicte dame meffeigneurs les ducz ceft affauoir mōfieur, monfeigñr
dalencon, monfeigñr de vendofme & mōfeigñr de
bourbon & auec eulx francoys mōfeigñr de bourbon
& loys mōfeigñr de neuers, mōfeigñr le grāt maiftre
fumptueufemēt & richemēt acouftrez de drap dor &
mōtez fur leurs courfiers.

Ité tous les deffufd. chafcun en belle ordre che-
uaucherent hors paris iufq̃s a la chapelle faint denis
ou quel lieu eftoit la dicte dame acōpaignee des princeffes ceft affauoir de ma dame claude, ma dame
dangolefme, ma dame dalencon, ma dame de vendofme, ma dame de neuers & plufieurs aultres princeffes dames & damoifelles de france & dangleterre,
& en paffant deuant la dicte dame vng chafcun luy
fift honneur & reuerance en fon ioyeulx aduenemēt
& entree en la noble ville de paris chief principalle
& capitalle de tout le royaulme de france.

Item tous les deffufdictz feigneurs chafcun en ordonnāce commencerent a marcher vers paris, & les
princes & princeffes deffufditz deuant & apres ladite dame laquelle eftoit affife en une lictiere fi fumptueufemēt & richemēt acouftree & veftue dune robe
dor couuerte & brodee de pierrerie & de fines pierres
precieufes en fes dois, vng carcan au col que homme
viuant ne fcauroit nōbrer ne prifer & monfieur aupres
delle lui tenāt cōpaignie fumptueufemēt & richement
acouftre.

Item & deuant ladicte dame marchoient les fuyſſes en ordōnance & meſſeigneurs les heraulx darmes du roy de france & dangleterre & des princes deſſuſ-ditz qui eſtoiét en nōbre. xxiiij. chacun portant ſa cotte darmes & la liuree de ſon prince. Et deuant eulx les trompettes & clairons.

Item & deuant lad. dame eſtoit mōſieur le preuoſt de loſtel. Meſſeigneurs les princes deſſuſditz a dextre & a ſeneſtre & deuāt eulx lérs pages dhōneʳ & aṕs leſd. pages marchoit vng cheual dhōneur & vne ha-quenee ſūpteuſemét & richemét acouſtree.

Item a lentree de ladicte ville ladite dame fut receue honorablement par meſditz ſeigneurs les eſcheuins & plus ſuffiſans bourgois & marchās de ladite ville, leſ-quelz ſeigñrs & eſcheuins poſerent vng ciel de drap dor broche ſur lad. dame ſeme de fleurs de lys & de roſes vermeilles, leſq̃lz le porterét vne eſpace, en apres les bourgois marchans orfeures & hanouars ſelon les couſtumes anciennes iuſques a notre dame de Paris. Et de la iuſques au Pallays royal du roy noſtre ſire.

Item depuis lad'porte ſaīt Denis iuſq̃s à noſtre dame de paris toutes les rues eſtoiét tendues de riches brode-ries & tapiſſeries & pluſeurs eſcharſaux & miſteres eſd. rues cōe plus a plain ſera declaire.

Ité a lentree de lad. ville auoit vng grant eſchar-fault ſur lequel auoit vne grāde nauire dargent ſur vne mer dedās laq̃lle eſtoit le roy bacus tenant vng beau raifin denotāt plante de vins & vne royne tenāt vne gerbe denotant plante de blez & aux trois matz de lad. nauire au pl. hault eftoient trois groffes hunes dorees dedans lefq̄lles eftoiēt trois perfonnages les deux armes aux deux boutz tenant chacun vng grāt efcuffon & celuy du meilleu vng efcu de france, & aux quatre boutz de lad. mer eftoient quatre grans monftres foufflant denotant les quatre vens nommez fubfolamus, aufter, boreaus & zephirus, & dedans lad. nauire eftoiēt matelotz & autres perfonnages lef-q̄lz chātoiēt melodieufemēt, & aux deux boutz de lad. nauire eftoient les armes de lhoftel de lad. ville.

Itē a la fōtaine du pōceau (1) auoit vng beau iardin dedans leq̄l auoit vng beau lys & vng beau rofier de rofes vermeilles & dedās led. iardin eftoiēt trois ieunes pucelles nōmees lune beaulte lyeffe & profperite & autour dudit iardin eftoit efcript : *Gratia preueniens & gratia gens data.*

Itē deuāt la trinite auoit vng efcharfault fur leq̄l eftoit le roy dauid & fes chlrs & la royne de faba & cinq ieunes damoifelles, laq̄lle royne portoit la paix a baifer audict roy leq̄l la remercioit humblement & au pied dud' efcharfault eftoit efcript.

Royne faba dame de renommee
Eft venu veoir falomon le treffage

(1) Cette fontaine a donné fon nom à la rue du Ponceau actuelle.

28

Qui la receue dun amoureux courage
Par fur toutes la prifee & aymee
Ceft la royne par vertu enflammee
Belle & bonne vertueufe en langaige
Noble faba.

Le trefcreftien faichant quel eft famee
A prins plaifir voir en fon heritage
Le beau prefent de paix en mariage
Seft enfuiuy dont elle eft eftimee
Noble Saba.

Item a la porte aux paintres (1) auoit vng grant
efcharffault au plus hault duquel eftoit le grant paf-
teur tenāt le lys & le cueur de frāce & au bas du dit
efcharfault eftoient vng roy & vne royne, ledit roy
tenoit en fes mains vng ceptre & vng baftō royal &
lad. royne tenant en vne main vng bafton royal & en
lautre vne rofe vermeille, & au deffoubs eftoient cinq
ieunes pucelles c'eft affauoir france, paix, amytie,
cōfederation & angleterre, lefquelles chantoiēt melodieufement & au deffus dudit roy & de la dicte
royne eftoit efcript.

Veni de libano fpōfa mea veni & coronaberis.

Item deuant faint innocent auoit vng grāt efcharfault & au plus hault eftoiēt les quatre vertus gardāt

(1) C'était alors la porte St-Denis.

le lys de frãce & au deſſus eſtoit eſcript ce qui ſen-
ſuyt.

Miſericordia & veritas cuſtodiunt
Et roborabitur clementia ejus.

Et au bas dud. eſcharfault eſtoit dieu le pere lequel
faiſoit monter au plus hault auec ledict lys vne belle
roſe vermeille eſpanie, dedãs laquelle eſtoit vne ieune
royne nommee franc vergier montant au troſne
dhonneur. Et au pied dudict eſcharfault eſtoit dame
paix laquelle auoit mis & tresbuche la guerre ſoubz
ſes piedz.

Item au chaſtellet de Paris auoit vng grãt eſcharfault au meilleu duquel eſtoit dame Iuſtice & verite
mõtãt & deſcẽdant du troſne ſur la terre & a dextre
& a ſeneſtre eſtoient les douze pers d. france chaſcun
portant ſes armes gardant la couronne de frãce. Et
au meilleu dudit eſcharfault eſtoit eſcript ce qui s'en-
ſuyt.

Veritas de terra orta eſt
Et iuſticia de celo proſpexit.

Et au bas dud. eſcharfault eſtoiẽt cinq perſonnages
au meilleu deſq̃lz eſtoit bon accord, ſtella maris, mi-
nerue, dyana, phebus.

Item a la porte royalle du pallays auoit vng grãt

efcharfault au pl. hault duquel eftoit lange gabriel fa-
luant la vierge marie en difant *Aue gratia plena*, &
entre deux auoit vng beau lys & au deffoubz eftoient
deux grans efcus couronnez, ceft affauoir lefcu de
france de lordre du Roy, & lautre my party dazur &
de gueulle feme de fleurs de lys dor & trois liepars dor
en champ de gueulle borde de rofes vermeilles & a dextre eftoit vng grãt porc efpic fouftenant lefdictz efcuz
& a feneftre auoit vng grant lyon rãpant fouftenant
lefdictz efcus. Et au bas dudict efcharfault auoit vng
beau iardin nomme le vergier de france feme de plufieurs beaulx lys. Et au deffus dudict iardin eftoient
vng roy & vne royne & a dextre eftoit dame Iuftice
tenant vne efpee en fa main & a feneftre eftoit dame
verite tenãt en fa main la paix, & dedans ledict iardin
eftoient plufieurs bergiers & bergeres lefquelz chan-
toient melodieufement. Et a deftre & a feneftre dud.
efcharfault eftoit efcript ce qui fenfuyt.

> Comme la paix entre Dieu & les hommes
> Par le moyen de la vierge marie
> Fut iadis faicte ainfi a prefent fommes
> Car marie auec nous fe marie.

> Juftice & paix auprès delle apparie
> Au parc de france & pays dangleterre
> Puifque le las damour tient larmoirie
> Jaffoit auons pour nous nul nen varie
> Marie en ciel, & marie en la terre.

Item deuant faincte Geneuiefue des ardans en la cite (1), trouua ladicte dame noftre mere luniuerfite. Ceft affauoir monfieur le Recteur acōpaigne de grāt nombre de docteurs tāt en Theologie, Decret, Medecine, que maiftres es ars. Auec les fcribes & procureurs, & les bedeaulx des natiōs & facultez dicelle vniuerfite chacun ayāt vne maffe dargent dore & lefditz docteurs tous ayans leurs habitz & chapperons fourrez en belle & honorable ordonnance, entre lefquelz y eut vng venerable docteur lequel fift vne belle harengue pour luniuerfite deuant ladicte dame.

Item vng peu plus auant deuant la porte de la grande eglife noftre dame eftoient reuerens peres en dieu meffeignrs les cardinaulx, arceuefques de Cens, euefques de Paris (2), Treforier de la fainte chappelle, acompaignez des abbez de faicte Geneuiefue, faint Victor, faint Magloire & de plufieurs autres prelatz officiaulx, doyen & chanoynes, tous reueftus de riches chappes.

Item ladicte dame entra dedans ladicte eglife & cōmenca lon a jouer des groffes orgues & a fonner toutes les cloches de ladicte eglife. Et lefdictz prelatz commencerent a chāter *Te Deum laudamus* en grant folempnite. Et lors lad. dame fen alla deuāt le maiftre hautel de ladite eglife lequel eftoit richement pare,

(1) Cette églife était fituée en face de la cathédrale.
(2) Etienne V de Poncher.

& a genoulx fiſt ſon oraiſon & toute ſa compagnie,
en remerciãt dieu & noſtre Dame.

Item tout cela fait Reuerend pere en dieu Mõſieur
de Paris donna la benediction a la dicte dame & a
ſa compaignie & la ſalua en grant reuerance en luy
diſant Treſchere dame vous ſoyez la tresbien venue
en ce royaulme. Tout cela dict & faict la dicte dame
print conge de meſdictz ſeigneurs les prelatz & des
aſſiſtens & ſen retourna ſur la littiere & ſen alla
ſoupper au palays royal du roy noſtre ſire (1) ou elle
tint court royalle a toutes gens notables venans a
court comme plus a plain ſera deſclare.

Item eſt ladicte dame entree en ladicte grant ſalle
ſen alla aſſeoir au milleu de la table de marbre (2),
& auſſi a feneſtre madame Claude, ma dame dango-
leſme, ma dame dalencon, ma dame de neuers, ma
dame de vendoſme & pluſieurs autres.

Item en vne aultre table eſtoient aſſiſes pluſie^rs
autres grans priceſſes dames & damoiſelles de france
& dangleterre en belle & honnorable ordonnance.

Item ladicte grant ſalle eſtoit toute tendue de riche broderie & tapiſſerye & autour des pilliers eſtoiẽt grans dreſſouers ſus leſquelz auoit ſi grãde quan-

(1) Aujourd'hui le Palais-de-Juſtice.
(2) La table de marbre formait une partie du palais royal & ſe com-
poſait de neuf pièces. (Voyez *Deſcription de la ville de Paris au XVᵉ ſie-
cle, par Guillebert de Metz*. Paris, Aubry, 1855, in-8°, p. 53.)

tite de veſſelle dor & dargēt que a peine on ne ſcauroit priſer ne nombrer.

Item & tout au long de la dicte grant ſalle y auoit tables pour aſſeoir boire & menger a toutes gens notables venãs a court leſquelz furent ſeruis de pluſieurs ſortes de viandes & metz que jamais homme viuãt ne vit ſi ſumptueux ſouper a entree de royne.

Item en ladicte grant ſalle auoit pluſieurs eſcharfaulx ſur leſquelz eſtoient trõpettes & clerõs & hauxbois leſquelz faiſoit ſi beau ouyr q̃ ce ſembloit vng petit paradis q̃ de eſtre en ladicte ſalle.

Item audict ſouper furent apportez pluſieurs entremetz à la table de ladicte dame ceſt aſſauoir vng phenix leq̃l ſe batoit de ſes elles & allumoit le feu pour ce bruſler.

Item vng autre entremetz ceſt aſſauoir vng ſainct george à cheual qui conduiſoit vne pucelle.

Item vng autre entremetz ceſt aſſauoir vng porc eſpic & vng Lyepart rampant ſouſtenant leſcu de france.

Item vng autre entremetz ceſt aſſauoir les quatre fils aymon ſur vng grant cheual.

Item vng autre entremetz ceſt aſſauoir vng moutõ.

Item vng autre metz ceſt aſſauoir vng coq & vng lieure en vne broche qui iouſtoyent lung contre lautre.

Item ce fait ladicte dame dõna a meſſeigneurs les heraulx darmes & aux ioueurs de trõpettes & clerons

34

vne nauire dargent lefquelz cryoient tous, largeffe,
largeffe.

Item apres toutes les chofes deffufdictes furét faic-
tes plufieurs ioyeufetez & esbatemens pour refiouyr
ladicte dame & fa compagnie. Cela fait, lad. dame
print conge & fen alla coucher aud. palays & chafcun
fen alla en fon logis (1).

(1) La même main qui a écrit l'obfervation que nous avons tranfcrite
à la note 1 de la page 22 a écrit : « Se on faifoit tel honeur & a tel
triûphe quât larchiduc fera fon entree en arras, ce luy feroit grât
honeur & chofe a loer. »

FINIS.

IN | ERAT
PRIN | VER
CIPIO | BVM

L P

www.ingramcontent.com/pod-product-compliance
Lightning Source LLC
Chambersburg PA
CBHW061644180626
46818CB00003B/958